Sophie,
la fée
des saphirs

Pour Iola et Amany, qui aiment
les histoires de fées

Un merci tout particulier
à Linda Chapman

Catalogage avant publication de Bibliothèque
et Archives Canada

Meadows, Daisy

Sophie, la fée des saphirs / Daisy Meadows ;
illustrations de Georgie Ripper ;
texte français de Dominique Chichera.

(L'arc-en-ciel magique. Les fées des pierres précieuses ; 6)
Traduction de: Sophie, the sapphire fairy.
Pour les 4-7 ans.

ISBN 978-0-545-98198-9

I. Ripper, Georgie II. Chichera, Dominique III. Titre.
IV. Collection : Meadows, Daisy . Fées des pierres précieuses ; 6.

PZ23.M454So 2009   j823'.92   C2009-902255-9

Édition publiée par les Éditions Scholastic,
604, rue King Ouest, Toronto (Ontario) M5V 1E1

5 4 3 2 1   Imprimé au Canada   09 10 11 12 13

Sources mixtes
Groupe de produits issus des forêts bien
gérées, de sources contrôlées et de bois
ou fibres recyclés
www.fsc.org Cert no. SW-COC-000952
© 1996 Forest Stewardship Council

FSC

Sophie,
la fée
des saphirs

Daisy Meadows

Illustrations de Georgie Ripper

Texte français de Dominique Chichera

Éditions

SCHOLASTIC

Le palais du Royaume des fées

Le parcours aventure

Le manoir Combourg

La ville de Combourg

Le grand magasin de jouets

La fontaine

L'arbre rabiscoté

Le château de glace du Bonhomme d'Hiver

Pégase

Le village de Fleurine

La maison de Rachel

La ferme du bouton d'or

L'épouvantail

Le châtaignier

Ma magie glaciale a envoyé au loin
les sept joyaux puissants, rien de moins!
Fini la magie des fées! Fini les merveilles!
et mon château ne fondra pas comme neige au soleil.

À la recherche de leurs grandes réserves magiques,
les fées retrouveront peut-être les pierres magnifiques,
mais j'enverrai mes gnomes les surveiller,
et rendre leur mission extrêmement compliquée.

Table des matières

Que de beaux souhaits!

— J'aimerais que cette pluie cesse, dit Karine Taillon à son amie Rachel Vallée alors qu'elles tentent d'éviter les flaques d'eau dans la rue Principale. Mes chaussures sont toutes mouillées.

Karine rapproche le parapluie aux couleurs de l'arc-en-ciel de leurs têtes pour mieux les abriter.

— Les miennes aussi, réplique Rachel. Mais je suis contente que nous soyons allées en ville aujourd'hui. J'ai trouvé le cadeau idéal pour la fête d'anniversaire de Danny qui aura lieu la semaine prochaine. Elle balance le sac qu'elle tient dans la main. Il contient un fusil à eau turbo rouge et elle est certaine que Danny, son cousin de six ans, va l'adorer.

— J'aurais aimé pouvoir assister à sa fête, dit Karine en poussant un soupir.

— J'aurais aimé que tu y sois aussi. Je n'arrive pas à croire que tu retournes chez toi demain, lui répond Rachel. La semaine a passé tellement vite.

— Beaucoup trop vite, renchérit Karine.
J'espère seulement que nous allons réussir à
trouver une autre
pierre précieuse
aujourd'hui.

Les deux
fillettes
échangent un
sourire. Elles
partagent un
merveilleux secret.
Elles se sont liées
d'amitié avec des fées! Elles
ont vécu toutes sortes d'aventures formidables
dans le passé. Le Bonhomme d'Hiver a troublé
la paix au Royaume des fées, et on a, une fois
de plus, réclamé leur aide. Cette fois, le
Bonhomme d'Hiver a volé les sept joyaux
magiques de la couronne de la reine Titania
qui contrôlent les pouvoirs spéciaux des fées.
Sans eux, les fées des pierres précieuses ne

peuvent pas recharger leurs baguettes magiques! Le Bonhomme d'Hiver a caché les joyaux dans le monde des humains et a envoyé ses gnomes les garder.

Rachel et Karine ont déjà aidé cinq des fées des pierres précieuses à récupérer leur joyau magique. Il manque encore deux pierres – le saphir qui contrôle la magie des souhaits et le diamant qui contrôle la magie du vol. Rachel et Karine doivent les retrouver le plus tôt possible. En effet, la célébration spéciale en l'honneur des joyaux des fées doit avoir lieu le lendemain!

— Nous avons jusqu'à demain pour trouver les joyaux manquants, déclare Karine d'un ton anxieux. Peut-être devrions-nous commencer à en chercher un autre dès maintenant.

— Mais tu sais bien ce qu'a dit la reine Titania, lui rappelle Rachel.

— Ne cherchez pas la magie, c'est elle qui

vous trouvera, dit Karine en souriant.

Rachel acquiesce d'un signe de tête.

— Je suppose que nous devons attendre de voir ce qui arrive. Rentrons à la maison par ce chemin, dit-elle en montrant une rue du doigt. Comme ça, nous passerons devant la fontaine à la sirène.

— J'aime la fontaine à la sirène, approuve Karine. Elle est si jolie!

La fontaine à la sirène est montée sur une base circulaire munie de trois marches en pierre qui conduisent à un bassin d'eau scintillante. Une magnifique sirène et deux dauphins sautant hors de l'eau ont été sculptés au milieu de la fontaine.

La sirène tient une large cuvette au-dessus de sa tête. L'eau coule sur les côtés de la cuvette et tombe dans le bassin.

Alors qu'elles s'approchent, Karine et Rachel aperçoivent une petite fille qui se tient devant la fontaine en compagnie de sa mère.

La petite fille pousse un soupir.

— J'aimerais tant avoir un dauphin à moi,
dit-elle en regardant les dauphins en pierre
sautant autour de la jolie sirène.

Les fillettes entendent
un léger tintement
provenant du ciel.
Juste à cet instant,
un ballon bleu
descend du ciel en
flottant vers la petite
fille. Rachel et Karine
ouvrent de grands yeux
étonnés. Le ballon a la forme
d'un dauphin!

— Maman, regarde! s'écrie la petite fille
d'un ton excité. Un ballon-dauphin!

— Ouah, quelle étrange coïncidence,
répond sa mère en attrapant la ficelle du
ballon.

Elle regarde autour d'elle pour voir si
quelqu'un ne l'aurait pas perdu, mais il n'y a

personne d'autre que Rachel et Karine aux alentours. Elle éclate de rire et dit :

— C'est comme si ton vœu avait été exaucé, ma chérie!

Rachel et Karine se regardent en ouvrant de grands yeux. Elles pensent toutes les deux la même chose : le vœu de la petite fille a-t-il vraiment pu être exaucé?

La fillette et sa mère s'éloignent dans la rue d'un pas pressé avec le ballon.

— As-tu vu la façon dont le ballon est sorti de nulle part? chuchote Karine.

— Oui, juste après que la petite fille a exprimé le désir d'avoir un dauphin! Crois-tu…?

Rachel s'interrompt en voyant un homme marcher vers la fontaine avec un petit garçon. Ils sont tous les deux blottis sous un parapluie.

— Puis-je jeter une pièce dans la fontaine et faire un vœu, papa? demande le garçonnet.

Son père fouille dans la poche de son jean et

en sort une pièce de monnaie.

— Attrape, Tom! dit-il avec un sourire en lançant la pièce à son fils.

Tom saisit la pièce de monnaie et monte en courant les marches qui mènent au bord du bassin.

— Je souhaite que la pluie cesse pour que, papa et moi, nous puissions jouer au football! s'écrie-t-il.

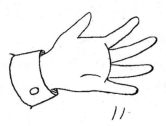

Il jette alors la pièce qui tombe dans le bassin en faisant des éclaboussures. Les

gouttelettes d'eau restent en suspension dans les airs pendant un moment et semblent briller d'une lueur magique bleue. De nouveau, l'écho d'un léger tintement résonne dans les airs.

Tandis que Tom descend les marches en courant, un rayon de soleil perce les nuages. Il éclaire la fontaine en pierre grise et fait apparaître un arc-en-ciel sous la pluie qui diminue lentement, puis s'arrête complètement.

— La pluie a cessé! s'exclame Rachel en levant les yeux vers le ciel.

Le père de Tom lève des yeux étonnés, lui aussi.

— Comme le temps a changé rapidement! fait-il remarquer.

— C'est ce que j'ai souhaité! s'écrie Tom. La fontaine doit être magique, papa!

— Oh, Tom, tu sais bien que la magie n'existe pas, répond son père avec un sourire. Viens. Rentrons à la maison pour jouer au football.

Rachel et Karine se regardent l'une l'autre. Peu importe ce qu'en pense le père de Tom, elles savent que la magie est bien réelle et que les vœux peuvent être exaucés.

Du moins, c'est une possibilité s'il y a un saphir magique dans les parages!

— Oh, Rachel! souffle Karine aussitôt que Tom et son père se sont éloignés. Cela signifie que le saphir magique de Sophie n'est pas loin!

Le secret de la sirène

— Tu as raison, Karine! Le saphir doit être quelque part par ici, réplique Rachel.

Elle regarde autour d'elles. Elles sont les seules personnes présentes près de la fontaine à ce moment-là.

— Allons jeter un coup d'œil.

Karine ferme le parapluie et le dépose sur l'un des bancs près de la fontaine.

Puis elle regarde rapidement sous le banc tandis que Rachel inspecte l'arrière de l'ancienne boîte à lettres qui se trouve tout à côté.

— *Psstt!*

Karine et Rachel sursautent.

— Qu'est-ce que c'est? demande Karine.

— *Psstt!* Par ici! dit une petite voix.

Rachel et Karine regardent autour d'elles fiévreusement.

D'où provient cette petite voix?

— Dans la boîte à lettres! glousse la petite voix.

Les deux fillettes fixent la boîte à lettres des yeux.

Une toute petite fée magnifique est assise dans la fente de la boîte à lettres et balance ses jambes dans le vide. Elle a de longs cheveux noirs, tirés en arrière et attachés en queue de cheval, et elle est vêtue d'une jupe et d'un haut assortis bleus. Elle fait un signe de la main aux fillettes.

— Bonjour, je suis Sophie, la fée des saphirs, dit-elle en souriant. Je suis au courant de l'aide que vous avez apportée aux autres fées des pierres précieuses. Auriez-vous la gentillesse de m'aider à trouver mon saphir?

— Bien sûr, nous allons t'aider! répond Karine.

— Nous venons de voir deux enfants qui ont fait un souhait qui a été exaucé, dit Rachel à la petite fée.

— Je sais, réplique Sophie. On dirait que mon saphir fait de la magie. Essayons de le trouver!

Rachel se met à chercher derrière le banc

tandis que Sophie vole autour de la boîte à lettres.

— Je vais aller voir dans la fontaine, leur dit Karine en montant les marches de pierre à toute vitesse.

Le fond du bassin de la fontaine est couvert de carreaux turquoise qui font paraître l'eau vraiment bleue. Karine regarde la statue avec grand intérêt. Elle est encore plus belle de près! Mais Karine remarque alors que les trois chérubins qui escaladent la cuvette de la sirène par l'extérieur sont les plus horribles chérubins

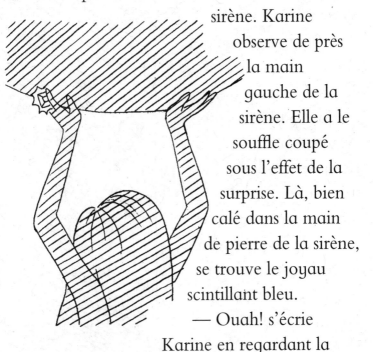

qu'elle ait jamais vus. Ils ont de très grands nez et des yeux pleins de méchanceté.

Soudain, un éclair bleu attire le regard de Karine. Il semble venir de dessous la cuvette, à l'endroit précis où se trouvent les mains de la sirène. Karine observe de près la main gauche de la sirène. Elle a le souffle coupé sous l'effet de la surprise. Là, bien calé dans la main de pierre de la sirène, se trouve le joyau scintillant bleu.

— Ouah! s'écrie Karine en regardant la pierre qui brille de mille feux sous les rayons du soleil.

Rapidement, elle retire ses chaussures de
sport et roule les jambes de son pantalon.

Le bassin à la base de
la fontaine est large,
mais pas très
profond. Karine
peut facilement
le traverser pour
atteindre la
statue. Elle saute
dans l'eau.
Celle-ci est très
froide et la
surface carrelée
est glissante, mais
elle doit récupérer
le saphir.
En gardant les
yeux fixés sur
le joyau, Karine

commence à se frayer un chemin dans l'eau.

Lorsqu'elle arrive devant la sirène, son cœur bondit d'excitation. Elle étend un bras et retire doucement le saphir éclatant de la main de la

sirène.

Puis elle se retourne pour appeler ses amies.

— Sophie! Rach… *aaahhh!*

Karine s'interrompt lorsqu'un jet d'eau, dirigé par l'un des chérubins dans la cuvette au-dessus d'elle, vient la frapper en plein visage!

Bafouillant sous l'effet de la surprise, Karine regarde fixement le chérubin. Ses yeux s'agrandissent lorsqu'elle remarque son nez pointu et ses grands pieds. Cela ne fait pas du tout partie de la statue. C'est un des gnomes du Bonhomme d'Hiver!

Karine a des ennuis

Le gnome saute sur le rebord de la cuvette.

— Cette pierre précieuse appartient au Bonhomme d'Hiver! Remets-la tout de suite à sa place, petite peste! crie-t-il.

Le cœur de Karine bat fort dans sa poitrine. À son grand désarroi, elle voit qu'il y a un deuxième gnome dans la fontaine, lui aussi déguisé en chérubin.

Pas étonnant que les chérubins aient l'air aussi horrible! Celui-ci est en train d'escalader le rebord de la cuvette dans sa direction avec un air féroce.

Karine se retourne pour fuir en courant, mais il est trop tard. Le gnome sort de la fontaine et la pousse dedans. Karine crie en sentant ses pieds glisser sur la surface carrelée. Elle tombe dans l'eau au milieu des éclaboussures. Alors qu'elle atterrit, le saphir lui échappe des mains. Il vole dans les airs et tombe dans le bassin, disparaissant de sa vue.

Karine regarde autour d'elle d'un air désespéré à la recherche du saphir, mais les carreaux sont si brillants qu'elle n'arrive pas à le distinguer. Elle tâte l'eau autour d'elle.

Où est-il? se demande-t-elle. Il faut absolument qu'elle le trouve avant les gnomes! Les deux gnomes sautent dans le bassin et viennent à sa rencontre, leurs petits yeux brillant de méchanceté.

— Ne vous approchez pas! lance Karine, en essayant de se lever. Mais les gnomes l'aveuglent en faisant des éclaboussures dans l'eau et elle ne voit plus rien.

En toussant et en crachant, Karine escalade le rebord du bassin. Elle est trempée! Ses cheveux pendent lamentablement et des gouttes d'eau roulent sur son visage. Rachel monte les marches en courant en compagnie de Sophie, qui vole juste derrière elle.

— Est-ce que ça va? crie Rachel en aidant Karine à sortir de l'eau. Tu es complètement trempée et…

Elle s'interrompt avec un soupir dès qu'elle repère les gnomes.

— Des gnomes!

Karine hoche tristement la tête en signe d'acquiescement.

— Es-tu blessée? demande Sophie d'un air anxieux.

— Je vais bien, mais le saphir est dans le bassin avec les gnomes, répond Karine, parcourue de frissons. Je l'ai trouvé dans la main de la sirène, mais il m'a échappé.

— Vous n'aurez pas le saphir! hurle l'un des gnomes. Il est à nous maintenant.

Il secoue l'autre gnome.

— Vas-y, cervelle d'escargot, ordonne-t-il. Dépêche-toi de le trouver!

— Je ne vois pas pourquoi je dois faire tout le travail, grommelle l'autre gnome en donnant un coup de coude au premier gnome. Trouve-le, toi!

— Non, toi! crie le premier gnome en le

poussant.

— Non! Toi!

L'eau fait des bulles et se couvre d'écume tandis que les deux gnomes se poussent l'un l'autre dans le bassin, en se disputant pour savoir qui devrait chercher le joyau.

— Nous ne pourrons jamais passer à côté de ces gnomes pour aller chercher le saphir. Qu'allons-nous faire? soupire Sophie.

Elle se pose sur l'épaule de Rachel. Les deux fillettes battent en retraite et descendent les marches pour se consulter.

— Je-je-n-ne-sais pas, répond Karine en claquant des dents.

— Tu dois être gelée, dit Rachel à Karine.

Prends ma veste.

— Merci, répond Karine reconnaissante. J'aimerais avoir chaud et être bien au sec.

Sophie laisse échapper un petit rire cristallin.

— Je peux arranger cela! déclare-t-elle. Il reste juste assez de magie dans ma baguette pour exaucer un petit souhait.

Elle lève sa baguette et l'agite au-dessus de la tête de Karine. Des étincelles bleues et argentées volent dans les airs. Alors qu'elles s'enroulent autour de Karine, une vague de chaleur déferle sur elle, partant de la tête et descendant jusqu'aux pieds.

— Je suis sèche! souffle Karine, en baissant les yeux vers ses vêtements. Merci, Sophie.

— Pas de problème, répond la petite fée en voletant pour aller se poser sur l'épaule sèche de Karine. À présent, comment allons-nous récupérer le saphir?

Karine lance un coup d'œil vers Rachel.

Son amie observe d'un air pensif le sac dans lequel se trouve le cadeau de Danny qui est posé sur le banc.

— Rachel?

Rachel, les yeux brillants, se tourne vers son amie.

— J'ai un plan! annonce Karine.

Au cœur de la bataille!

— Nous allons nous servir du parapluie et du sac pour éloigner les gnomes pendant que nous cherchons le joyau, s'empresse de dire Rachel.

Puis, voyant que Karine et Sophie semblent désorientées, elle ajoute :

— Sophie, tu vas voler dans les airs et laisser tomber le sac sur la tête d'un gnome. Cela le tiendra occupé pendant un moment. Karine et moi pourrons nous attaquer à l'autre gnome avec le parapluie.

— Excellent plan, déclare Sophie en souriant.

— On dirait que je vais être obligée de me mouiller encore une fois, déclare Karine.

Elle soupire, puis sourit de nouveau.

— Mais cela m'est égal si c'est pour récupérer le saphir. Allons-y!

Rachel sort l'arme improvisée du sac tandis que Karine surveille les environs pour s'assurer que personne ne vient.

— Rien à l'horizon, dit-elle à voix basse.

Rachel tend le sac à Sophie.

— Bonne chance! lance-t-elle tandis que Sophie s'élève précipitamment dans les airs.

Puis Rachel prend le parapluie fermé dans

une main.

— En avant! dit-elle en inspirant profondément et en prenant le coude de Karine de l'autre main.

Les fillettes montent ensemble les marches qui mènent au bassin. À leur grand soulagement, elles constatent que les deux gnomes sont toujours en train de se disputer. Ils n'ont pas encore trouvé le saphir!

— Sombre idiot! crie l'un d'entre eux.

— Tu ferais mieux de te regarder, cervelle

d'oiseau! rétorque l'autre gnome.

En tenant le parapluie comme une épée, Rachel saute dans le bassin.

— Grrr! hurle-t-elle pour effrayer les gnomes, qui se mettent à gesticuler et à crier de frayeur.

Karine marche d'un pas lourd en faisant jaillir des éclaboussures vers eux. Au même moment, Sophie descend en piqué et laisse tomber le sac sur la tête d'un des gnomes avec une grande précision.

— Hé! Que se passe-t-il? s'écrie-t-il en titubant dans l'eau.

Il ne peut ni voir ni libérer ses mains.

— Tout est noir!

Rachel agite le parapluie dans la direction de l'autre gnome.

— Vite, Karine! crie-t-elle. Cherche le joyau!

Le gnome voit Karine qui se penche pour chercher le saphir au fond du bassin. Il se met à avancer vers les fillettes en sautant et en

faisant claquer ses grands pieds de telle sorte
que Karine ne peut rien voir dans
l'eau ondoyante.

Rachel appuie sur
le bouton situé sur
la poignée du
parapluie, et il se
déploie d'un coup
sec à sa pleine
grandeur, formant
une barrière contre
les éclaboussures
du gnome.

— Ouah! hurle le gnome, pris par surprise.

Pendant ce temps, Karine cherche
désespérément le joyau au fond du bassin. Ses
doigts se ferment sur quelque chose qui est
rond et doux et un frisson de chaleur parcourt
son bras. Elle retient son souffle. Elle connaît
cette sensation — c'est la magie des fées!

— Je l'ai! s'écrie-t-elle.

Puis elle se redresse et sort le saphir de l'eau.

Mais au même instant, la voix de Sophie retentit dans les airs.

— Attention, les filles!

Une lourde gerbe d'eau frappe le dos de Karine. Elle halète de surprise et se retourne.

Un troisième gnome se tient sur le bord du bassin, armé du fusil à eau turbo rouge de Danny!

L'attaque du gnome!

— Il y a un autre gnome, souffle Karine en se souvenant qu'elle avait vu trois chérubins sur la cuvette en pierre de la fontaine.

Le gnome qui tient le fusil à eau a certainement sauté de la fontaine et s'est approché sans bruit pendant que Rachel et elle tentaient de garder les deux gnomes à bonne distance.

— Donne-moi cette pierre! crie le gnome.

Avec un long nez et d'épais sourcils, il est plus grand que les deux autres et également plus effrayant. Il remplit rapidement le fusil à eau dans le bassin et bombarde les fillettes d'un autre jet d'eau.

Le jet d'eau fait vaciller Rachel qui laisse tomber le parapluie dans l'eau.

— Hé! crie-t-elle, sous l'effet de surprise.

— Je veux ce saphir! hurle le gnome. Et si tu

ne me le donnes pas, je vais continuer à te
bombarder d'eau!

Sophie s'approche en fendant les airs.

— Laisse Rachel et Karine tranquilles,
espèce de grosse brute, crie-t-elle bravement.
Le saphir n'est pas à toi. Sa place est sur la
couronne de la reine Titania!

— Pauvre petite fée! gronde le gnome.

Il lève son fusil à eau et envoie un jet d'eau
vers Sophie, qui pousse des cris aigus et

s'écarte juste à temps de la trajectoire du jet d'eau.

Rachel saisit le bras de Karine.

— Nous devons l'arrêter! dit-elle d'un ton anxieux. Si le jet d'eau atteint Sophie, il va la propulser loin dans les cieux!

Le gnome dirige de nouveau le fusil à eau vers Sophie.

— Arrête! crie Rachel en barbotant.

Karine s'élance à la suite son amie.

— J'ai un plan, Rachel! souffle-t-elle. Si nous pouvons atteindre le bord de la fontaine, nous pouvons peut-être essayer de faire tomber le gnome. Après tout, il est tout seul et nous sommes deux.

Mais, juste à ce moment-là, un cri de triomphe s'élève du milieu du bassin. Les fillettes se retournent pour voir que le gnome qui était prisonnier du sac a réussi à se libérer.

Son ami gnome s'empare du parapluie que Rachel avait laissé tomber dans toute cette confusion!

— Vous ne partirez pas avec le saphir à présent! s'écrie le gnome avec le parapluie en traversant le bassin au milieu des

éclaboussures.

Le gnome portant le fusil à eau saute dans l'eau et commence à patauger en direction des fillettes.

— Nous sommes prises au piège! s'exclame Karine, en réalisant que les trois gnomes les encerclent.

— Vite! crie Sophie, qui vole très haut dans le ciel. Il y a des gens qui s'approchent. Ils vont voir ce qui se passe! Nous devons partir d'ici avec le saphir et maintenant!

Saphir! Le mot retentit dans l'esprit de

Karine. Mais bien sûr! Pourquoi n'y a-t-elle
pas pensé plus tôt? Elle a dans la main une
pierre précieuse remplie de magie pour
exaucer les souhaits. Elle
regarde les trois gnomes.
Peut-elle se servir du
saphir pour les arrêter?

Sachant qu'elle doit
tenter sa chance, Karine
lève la pierre brillante
et crie :

— Je souhaite…

Elle roule des yeux
dans toutes les directions
pour trouver de
l'inspiration et son regard
tombe sur la queue de la
sirène. Elle crie alors :

— Je souhaite que vous, les gnomes, vous
transformiez tous en poissons!

Des étincelles bleues et argentées jaillissent dans les airs, tombent sur la tête des gnomes et un tintement se fait entendre. Soudain, les trois gnomes disparaissent!

— Où sont-ils passés? demande Rachel.

Puis elle baisse les yeux vers le bassin et pousse un cri.

Karine fixe les yeux sur le bassin. Trois poissons rouges nagent autour de ses pieds. Ils ressemblent à des poissons rouges ordinaires, sauf qu'ils ont de très longs nez pointus et de petits yeux très méchants!

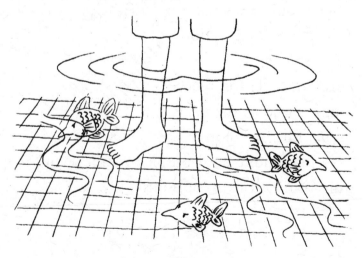

— La magie du saphir a opéré, lance-t-elle.

— Bien sûr, elle fonctionne, rétorque Sophie
en descendant en piqué avec un rire argentin.
C'est le joyau des souhaits, n'est-ce pas?
Quelle bonne idée de l'avoir utilisé de cette
façon, Karine!

— Merci, dit Karine, avec un sourire de
soulagement.

Puis en se penchant vers l'eau, elle ajoute
d'un ton joyeux :

— J'espère que vous serez heureux de vivre
ici, petits poissons rouges.

Les poissons nagent en
faisant des mouvements
nerveux autour de ses
pieds et Karine pourrait
jurer qu'ils ont un air
grincheux.

Les deux fillettes
ramassent le fusil à eau,
le parapluie et le sac

et sortent de la fontaine en riant.

— Juste à temps, s'écrie Sophie en s'installant sur l'épaule de Rachel et en se cachant sous ses cheveux tandis que des promeneurs passent près d'elles.

Les fillettes s'assoient sur l'un des bancs et font semblant d'être au milieu d'une conversation. Heureusement, personne ne semble remarquer qu'elles sont toutes mouillées!

Aussitôt que les gens se sont éloignés de la fontaine, Sophie quitte sa cachette sous les cheveux de Rachel.

— Je vous remercie d'avoir trouvé le saphir, dit-elle d'un ton joyeux.

— Je suis heureuse que nous ayons pu

t'aider, répond Rachel, en grelottant sur le
banc.

Elle observe le joyau qui brille dans sa main.

— Il est magnifique!

— Je sais, réplique Sophie en lui adressant
un sourire.

Elle pose le bout de
sa baguette sur la
surface de la pierre et
des étincelles bleues
s'envolent dans les
airs.

— Et maintenant
que ma baguette est
de nouveau pleine de
magie des souhaits, y
en a-t-il un que vous aimeriez faire?
demande-t-elle en agitant dans les airs sa
baguette qui laisse un sillage d'étincelles bleues
et argentées derrière elle.

Karine et Rachel échangent un regard.

— Nous aimerions avoir chaud et être bien au sec! s'exclament-elles en chœur.

— C'est très facile! déclare Sophie en agitant sa baguette d'une main experte.

Des étincelles s'enroulent autour des fillettes et, en moins d'une seconde, leur vœu est exaucé.

— Merci, Sophie! dit Rachel d'un ton

reconnaissant, en sentant une douce chaleur l'envahir.

— Que va-t-il arriver aux gnomes maintenant qu'ils sont devenus des poissons rouges? demande Karine.

— Pour le moment, ils vont bien, la rassure Sophie. Lorsque le Bonhomme d'Hiver apprendra que le saphir est de retour au Royaume des fées, il viendra et il 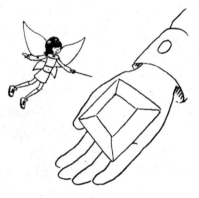 les trouvera. C'est alors qu'ils auront des ennuis.

Elle pose sa baguette sur le saphir qui se trouve toujours dans la main de Karine. Les fillettes clignent des yeux tandis que le joyau disparaît dans une gerbe d'étincelles bleues.

— Il est à présent en sécurité au Royaume des fées, dit Sophie. Et je ferais mieux de le

suivre. Au revoir, les filles et merci d'avoir
retrouvé un autre de nos joyaux magiques.

Puis Sophie bat des ailes, mais, à la surprise
de Karine et de Rachel, elle ne s'élève pas
dans les airs! Un air soucieux s'affiche sur le
visage de Sophie alors qu'elle bat de nouveau

des ailes. Rien ne se passe.

— Mes ailes ne fonctionnent pas! s'écrie
Sophie d'un air étonné.

— Que veux-tu dire? demande Karine.

— Elles ne me portent pas dans les airs,
réplique Sophie avec un regard paniqué.

Karine baisse les yeux vers le dos de la petite fée.

Les ailes argentées de Sophie semblent étrangement faibles.

— Tes ailes paraissent bien pâles, Sophie, dit-elle.

— Oui, on peut pratiquement voir au travers, approuve Rachel. Elles… disparaissent.

— Elles disparaissent! s'écrie Sophie. Mais ce n'est pas possible!

Elle fixe les fillettes d'un air horrifié.

— Que se passe-t-il? Pourquoi ne puis-je pas voler?

Une pincée de poudre magique

— Tu es peut-être tout simplement fatiguée, avance Rachel pleine d'espoir. Tu as dû voler beaucoup aux alentours pour éviter le fusil à eau.

Sophie hoche la tête.

— Les ailes des fées ne disparaissent pas lorsqu'elles sont fatiguées, réplique-t-elle alors que de grosses larmes argentées remplissent ses yeux. Je crois que je suis malade.

— Ou peut-être... dit Karine en réfléchissant très fort, que cela a quelque chose à voir avec la disparition du diamant.

— Oh, le diamant! renchérit Rachel. C'est la seule pierre magique que nous n'avons pas encore retrouvée.

— Le diamant ne contrôle-t-il pas la magie du vol, Sophie? demande Karine.

— Mais oui, acquiesce Sophie.

— Alors, il se peut que la magie du vol des fées soit faible parce que le diamant n'a pas encore été retrouvé, suggère Karine. Il n'y a peut-être pas que tes ailes qui disparaissent, Sophie. C'est peut-être le cas des ailes de toutes les fées!

Sophie a l'air de ne pas savoir si elle doit se

sentir soulagée ou plus inquiète encore.

— Je crois que tu dois avoir raison, Karine!
souffle-t-elle. Notre magie du vol doit être en
train de disparaître!

— Nous trouverons le diamant, s'empresse
de la rassurer Karine. Ne t'en fais pas, Sophie.
Mais comment vas-tu rentrer au Royaume
des fées, à présent?

— Je ne sais pas, réplique Sophie d'un air
bouleversé. Comment vais-je faire sans mes
ailes?

— J'ai une idée, dit Rachel.
Nous pourrions utiliser
un peu de notre poudre
magique pour te faire rentrer
chez toi!

— Oh, oui! s'écrie
Karine.

Elle sort le médaillon en
or qu'elle porte autour du
cou. Rachel a le même.

— La reine Titania nous a donné ces médaillons, dit-elle à Sophie. Ils renferment de la poudre magique que nous sommes censées utiliser si nous avons besoin de nous rendre au Royaume des fées.

— Et y a-t-il une raison pour laquelle la poudre magique ne fonctionnerait pas sur une fée? demande Rachel à Sophie.

— Non, répond Sophie, en affichant maintenant un grand sourire. En fait, je suis

certaine que cela me ramènera au Royaume des fées.

— Bon, allons-y… dit Karine en ouvrant son médaillon et en prenant une pincée de poudre magique.

— Merci pour votre aide, les filles, lance Sophie. Je vais m'assurer de dire à tout le monde à quel point vous avez été gentilles.

Très doucement, Karine disperse la poudre sur la tête de Sophie.

— Au revoir, Sophie! s'écrient ensemble les deux fillettes.

La poudre tourbillonne autour de la petite

fée et Sophie sourit.

— Cela fonctionne! Je le sens. Je m'en vais au Royaume des fées! lance-t-elle et, avec un joyeux signe de la main, elle disparaît.

— Ouf! souffle Karine en signe de soulagement. Au moins, Sophie est de retour chez elle en sécurité.

— Oui, acquiesce Rachel d'un ton joyeux, et le saphir aussi.

En se relevant, elle met le fusil à eau dans le sac et saisit le parapluie.

— Quelle journée excitante!

— Presque trop excitante, rétorque Karine en dirigeant son regard vers la fontaine. À présent, il ne nous reste plus qu'un seul joyau à trouver.

— Nous devons le trouver aussitôt que possible, précise Rachel. Les fées ont besoin de retrouver leur magie du vol.

Karine acquiesce d'un signe de tête. C'est

horrible d'imaginer leurs amies les fées sans
pouvoir de voler.

— Nous trouverons le diamant! déclarent-
elles d'un ton bien décidé. Même le
Bonhomme d'Hiver ne pourra pas nous en
empêcher.

Rachel sourit.

— Attention, les gnomes! Nous voici!

L'ARC-EN-CIEL

magique

LES FÉES DES PIERRES PRÉCIEUSES

India, Scarlett, Émilie, Chloé, Annie et Sophie
ont récupéré leurs pierres précieuses magiques.
À présent, Rachel et Karine doivent aider

Lucie, la fée
des diamants.

Pourront-elles trouver le dernier joyau
et faire renaître la magie du vol
au Royaume des fées?

En route pour le Royaume des fées

Karine Taillon plie son chandail et le met dans son sac.

— Voilà, dit-elle à sa meilleure amie, Rachel Vallée. Tout est emballé.

Elle jette un coup d'œil à l'horloge qui est accrochée sur le mur de la chambre de Rachel.

— Déjà six heures! bougonne-t-elle. Papa et

maman vont bientôt venir me chercher. Je n'arrive pas à croire que cette semaine est presque terminée, et toi?

— Non, répond Rachel en secouant la tête. Elle a passé tellement vite! Mais nous nous sommes bien amusées.

Les fillettes s'adressent un sourire. Lorsqu'elles sont ensemble, elles vivent toujours de merveilleuses aventure : des aventures féeriques! Cette semaine, les fillettes ont aidé les fées des pierres précieuses à trouver les sept pierres magiques qui ornent habituellement la couronne de la reine Titania et qui avaient disparu. Jusqu'à présent, Karine et Rachel ont trouvé six des pierres volées, mais le diamant est resté introuvable.

Karine prend un air renfrogné.

— J'ai vraiment l'impression qu'il y a quelque chose qui ne tourne pas rond aujourd'hui, dit-elle. J'étais certaine que nous allions trouver le diamant magique avant que je retourne à la maison.

— Moi aussi, répond Rachel. Et nous n'avons pas vu de fée aujourd'hui. Je me demande si elles sont toutes prises au piège au Royaume des fées.

Les fillettes échangent un regard inquiet. Elles savent que le diamant contrôle la magie du vol et, puisqu'il ne se trouve pas sur la couronne, les fées commencent à perdre leur capacité de voler.

— Il nous suffit d'aller au Royaume des fées pour nous rendre compte par nous-mêmes! annonce Karine d'une voix déterminée.

Rachel hoche la tête et Karine s'empresse d'ouvrir le médaillon qu'elle porte toujours autour du cou. La reine Titania leur a donné deux médaillons identiques, remplis de poudre magique qui doit les transporter directement au Royaume des fées si jamais ses habitants ont besoin d'aide.

— Servons-nous de la dernière pincée de poudre magique pour nous y rendre, suggère-t-elle.

— Bonne idée, approuve Rachel. Allons-y!

Les deux fillettes dispersent la poudre brillantes au-dessus d'elles. Whoosh! Un crépitement se fait entendre, puis tout s'estompe dans un tourbillon aux couleurs scintillantes de l'arc-en-ciel. Les fillettes ont l'impression d'être transportées dans les airs et de devenir de plus en plus petites au fur et à mesure qu'elles tournoient.

Après quelques instants, elles se rendent compte qu'elles sont en train d'atterrir doucement au pied d'un grand arbre tarabiscoté qui s'élève bien haut au-dessus de leur tête. Là, devant elles, se tiennent le roi Oberon et la reine Titania en compagnie de toutes les fées des pierres précieuses.

— Nous sommes de retour au Royaume des fées, s'écrie Karine, et nous sommes aussi petites que les fées!

Elle fait battre ses ailes chatoyantes d'un air joyeux. C'est tellement amusant d'être une fée!

— Bienvenue, mesdemoiselles, leur dit le roi Oberon d'un ton chaleureux.

— Bonjour, réplique Rachel en souriant.

Mais le sourire de Rachel s'évanouit lorsqu'elle réalise soudain que quelque chose ne tourne pas rond.

— Vos Majestés! souffle-t-elle, en regardant autour d'elle. Où sont passées les ailes des fées?

Dans la même collection

Déjà parus :

India, la fée des pierres de lune
Scarlett, la fée des rubis
Émilie, la fée des émeraudes
Chloé, la fée des topazes
Annie, la fée des améthystes
Sophie, la fée des saphirs

À venir :

Lucie, la fée des diamants